LE
CROIX D'UN NOËL

COMÉDIE EN UN ACTE

2e édition

PARIS
A. GAUTHERIN, ÉDITEUR
Rue de Vaugirard
1890

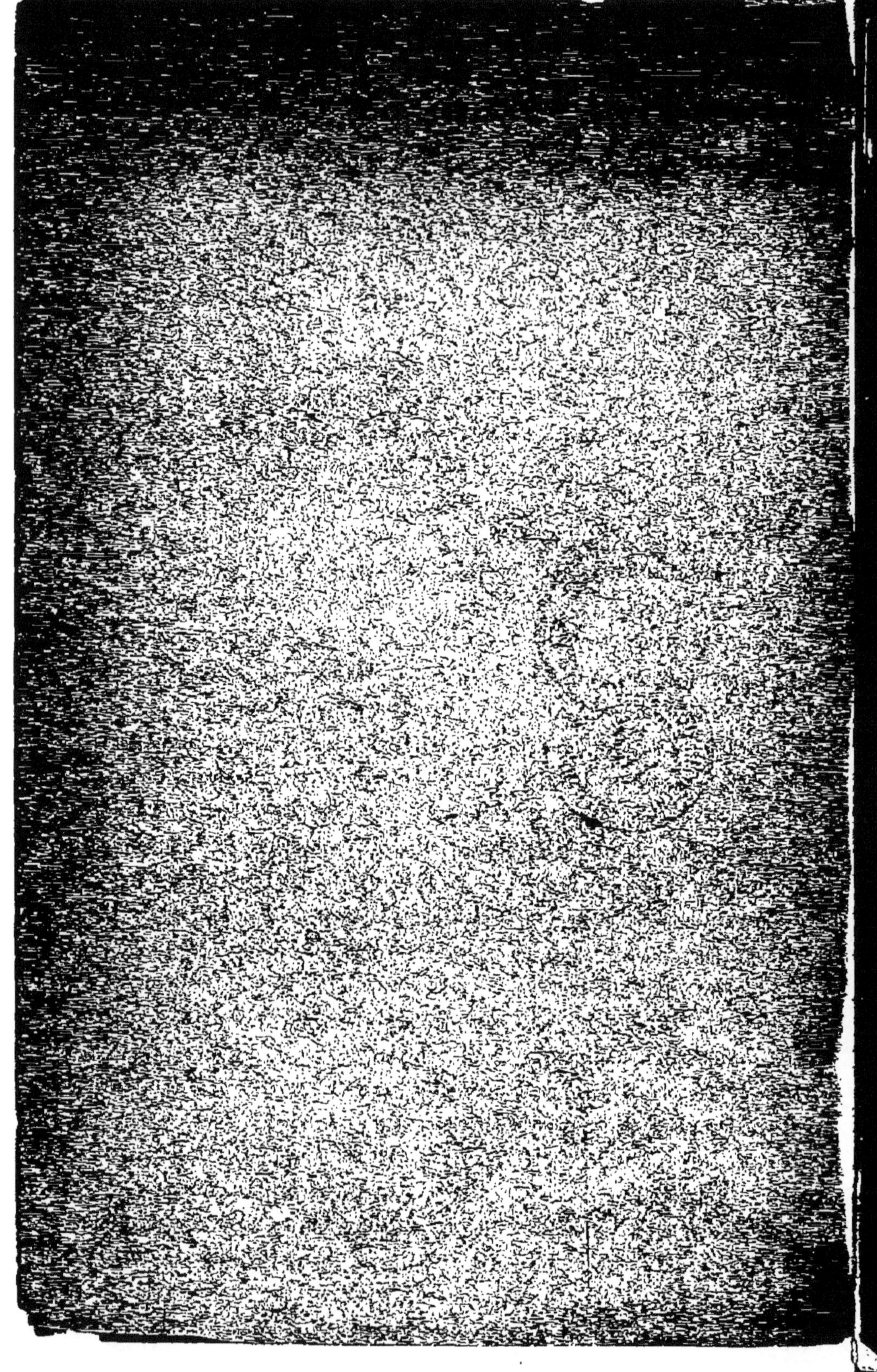

LE CHOIX D'UN NOM

A MON MARI,

Je ne savais quoi t'offrir pour fêter ton anniversaire ; j'ai composé, à la hâte, cette petite comédie.

Je te l'offre.

A défaut de tout autre bijou, tâche de te persuader, Alexandre, que ceci est un bijou littéraire... en chrysocale !

ADÈLE (*Aline*) DUCROS.

Paris, 25 mars 1874.

Mme Adèle (Aline) DUCROS née MOREL

LE

CHOIX D'UN NOM

COMÉDIE EN UN ACTE

Représentée pour la première fois à Paris,
sur le Théâtre-Montmartre le 9 septembre 1874.

2ᵉ Edition

PARIS.
A. GAUTHERIN, ÉDITEUR,
Rue de Vaugirard, 131.
—
1896.

PERSONNAGES

	Acteurs
Lucien de Vergoncey,	M. Nerssant
Gabrielle, sa femme,	Mlle Dinelli.

La scène se passe de nos jours.

LE CHOIX D'UN NOM

Un petit salon meublé avec le plus grand luxe. — Porte au fond et portes latérales. — Au lever du rideau, Lucien et Gabrielle sont assis à une petite table servie, placée à gauche, auprès de la cheminée. — Fin du repas.

SCÈNE PREMIÈRE

LUCIEN, GABRIELLE

LUCIEN

Maintenant que ton esclave s'est rendu à ton caprice, m'expliqueras-tu pourquoi tu as fait dresser le couvert dans ce boudoir, et pourquoi, après avoir éloigné les domestiques, tu as fermé la porte sur ce mystérieux tête-à-tête ?

GABRIELLE

En êtes-vous fâché, monsieur ?

LUCIEN

Assurément, non. — Mais, j'ai consulté le calendrier ; ce n'est ni ta fête, ni la mienne, et je cherche à savoir...

GABRIELLE

Pourquoi une pauvre délaissée a voulu rompre, ne fût-ce qu'un moment, la monotonie de sa vie solitaire ?

LUCIEN (souriant)

De quoi se plaint ma belle Ariane ?

GABRIELLE

Mais elle se plaint... d'être Ariane, précisément.

LUCIEN (regardant le boudoir)

Dans tous les cas, ton rocher n'a rien d'affreux ?

GABRIELLE

Oui ; il est tendu d'étoffes précieuses, recouvert de riches tapis, mais on y meurt d'ennui, vous dis-je !

LUCIEN (souriant)

Et on regarde au loin si Thésée ne vient pas ?

GABRIELLE

Oh ! mon regard a sondé bien des fois l'horizon ! A défaut de Thésée, j'ai même soupiré après le monstre qui doit dévorer la victime!

LUCIEN (se levant)

Que dites-vous, ma chère Gabrielle ?

GABRIELLE (se levant aussi)

Je dis, que cette fable d'Ariane sur son rocher, et du monstre prêt à la croquer, n'est-pas si fable qu'elle en a l'air, et que la plupart des hommes, les maris en tête, feraient bien de la méditer.

LUCIEN (froidement)

Expliquez-vous.

GABRIELLE

Je m'ennuie !... voilà l'explication ; concluez.

LUCIEN (vivement)

Gabrielle !...

GABRIELLE (riant)

Qu'avez-vous ?

LUCIEN

Rien. — Vous êtes une enfant et vous ne pensez pas ce que vous dites.

GABRIELLE

Oui, parce que vous me savez courageuse et capable de résister au monstre ; vous avez raison, mon cher Lucien. — Toutefois, soyez juge...

LUCIEN

Ma chère Gabrielle, j'ai fait ce que vous avez voulu ; je vous ai obéi en n'allant pas dîner au cercle, mais je vous prie maintenant de me rendre ma liberté. (Il lui baise la main et se dirige vers la porte du fond.)

GABRIELLE

Ainsi, vous partez ?...

LUCIEN

Sans doute.

GABRIELLE

Alors, bonsoir, Thésée.

LUCIEN

Pourquoi m'appelez-vous Thésée ?

GABRIELLE

Parce que vous cédez la place au monstre.

LUCIEN

Encore !

GABRIELLE

Asseyez-vous et écoutez-moi.

LUCIEN

Mais, ma chère Gabrielle.

GABRIELLE

Je vous en pr e.

LUCIEN (s'asseyant, à droite)

Je vous écoute.

GABRIELLE (s'asseyant auprès de lui et lui prenant les mains)

Donnez-moi vos deux mains et regardez-moi ; — Lucien, je suis heureuse d'être votre femme et je vous aime ! Je sais que vous m'aimez aussi ; je suis fière de votre amour

LUCIEN

Chère Gabrielle !

GABRIELLE

Ne vous hâtez pas d'être joyeux ; je vais vous faire des reproches ?...

LUCIEN

Des reproches ?

GABRIELLE

N'en méritez-vous aucun ? — Souvenez-vous des premiers temps de notre mariage; comme ils ont changés ! Et comme je puis dire avec Pauline dans *Polyeucte* :

Sont-ce donc là les fruits que promet l'hyménée ?

(Lucien fait un mouvement.) Rassurez-vous , je ne dirai pas le vers suivant, car je ne vous suis pas devenue odieuse, non ! pas même indifférente, mais quelque chose de pis !...

LUCIEN

Vous êtes mon orgueil !

GABRIELLE

Je voudrais être d'abord votre bonheur, et, vous venez de le dire, je ne suis que votre orgueil (souriant), votre fétiche, si vous voulez. — Eh bien ! je me sens trop terrestre pour prétendre à la moindre divinité. — Je veux qu'on me rende un culte plus humain ; qu'on pénètre plus hardiment dans le sanctuaire, pour causer avec l'idole et ne point la laisser se morfondre dans sa niche ou sur son piédestal, fatiguée, énervée, sous le poids d'une adoration stérile ! — N'est-ce pas que cela est pis que l'indifférence ?

LUCIEN

Vous vous plaignez d'être adorée ?

GABRIELLE

Je me plains d'être adorée... en silence !... de loin !... Je me plains d'être descendue de mon beau rêve ; d'avoir acquis cette triste conviction que les lunes de miel ne sont pas éternelles et qu'il vient un jour, dans le mariage, où l'on serre au fond d'un tiroir ces illusions de jeune fille avec sa couronne de fleurs d'oranger !

LUCIEN (riant)

Mais, en vérité, c'est un réquisitoire.

GABRIELLE

Non, c'est un regret !

LUCIEN

Cependant on ne peut pas s'isoler, se séquestrer. — Le monde a ses exigences ; les relations, leurs intérêts. Si l'homme ne sortait jamais...

GABRIELLE (l'interrompant)

Si l'homme ne sortait jamais... ou sortait moins souvent, la femme qu'on laisse seule songerait moins à son abandon. —

Elle n'aurait pas à redouter... ou désirer la présence du monstre dont je vous parlais tout à l'heure et qui arrive toujours terrible... ou séduisant partout où il y a une pauvre abandonnée. — Je vous ai cité Ariane ? J'ajoute Andromède, voilà pour la Fable. — Ouvrez les Ecritures, la Genèse, vous trouverez Eve ! Et voyez la force de mon assertion ; Eve n'était pas seule, elle avait Adam à ses côtés ! Malgré cela elle céda aux embûches du monstre ! Elle mordit au fruit défendu ! (Elle se lève et va prendre la corbeille de fruits qui est sur la table. Riant) Croyez-moi, Lucien, il reste encore des pommes ; croquons-les ensemble, le monstre arrivera trop tard pour m'en offrir la primeur.

LUCIEN (moitié riant, moitié inquiet)

Ah ! ça, il y a donc un monstre, décidément ?

GABRIELLE

En doutez-vous ?

LUCIEN

Non. Seulement je ne vous ferai pas l'injure de le craindre.

GABRIELLE (hochant la tête)

Heu ! Il y a une phrase dans le *Pater.*

LUCIEN

Laquelle ?

GABRIELLE

Et ne nos inducas in tentationem.

LUCIEN

Vous êtes au-dessus de toutes les tentations, vous vous calomniez, ma chère Gabrielle... ou plutôt, vous avez voulu me mettre à l'épreuve.

GABRIELLE

Pourquoi ?

LUCIEN

Le sais-je ? pour vous amuser de mes craintes. (Il se dirige vers la porte de droite.)

GABRIELLE

Vous sortez ?

LUCIEN

Non, je rentre chez moi, il est trop tard maintenant pour aller au cercle.

GABRIELLE

Comment ; trop tard ; il est à peine neuf heures.

LUCIEN

C'est égal, je n'irai pas au cercle. (A part.) C'est singulier. . Je ne sais ce que j'éprouve... Jamais Gabrielle ne m'a parlé ainsi.

GABRIELLE (à part)

Cher Lucien, il n'ose ni rester, ni sortir. — Il neutralise la situation en se réfugiant chez lui.

LUCIEN (embarrassé)

Bonsoir, Gabrielle.

GABRIELLE

Bonsoir, mon ami.

LUCIEN (à part)

Pourquoi m'a-t-elle parlé d'Andromède, de Thésée et du fruit défendu ?...

GABRIELLE (riant, à part)

Les pommes l'agacent un peu !

LUCIEN

(Il est hésitant, il voudrait sortir, aller au cercle et n'ose pas. Il vient vers Gabrielle et lui baise la main.) Bonsoir. (Il se dirige vers la porte de droite et entre chez lui.)

GABRIELLE

Bonsoir ! (Elle lui envoie un baiser pendant qu'il remonte la scène.)

SCÈNE II

GABRIELLE (seule, riant bien franchement et bien joyeusement.) Ah ! Ah ! Ah ! Ah ! — Pauvre Lucien ! — Comme il est sorti décontenancé, embarrassé. — Il ne tardera pas à revenir. — Noble ami ! — Qu'il va être joyeux, tout à l'heure, lorsque je lui dirai : — Viens ! et remercions Dieu ; il a béni notre union ! C'est pour t'apprendre cette chère nouvelle que j'ai voulu te garder ce soir auprès de moi. — Ah ! solitude ! oisiveté ! je vous défie, aujourd'hui ! Et toi, doux oiselet en route, viens égayer le nid qu'on te prépare ! Apportes-y bien vite et les chansons et les baisers. — Un mot à Monsieur Léopold, l'ami le plus intime de Lucien, il en parle toujours comme d'un frère, aussi m'a-t-il dit bien des fois : — « Je veux qu'il soit le parrain du premier né que Dieu nous enverra. » — (Hésitant) Oui, mais dans quels termes lui annoncer... — Bon ! quelques lignes bien énigmatiques... pour en avoir l'explication, il viendra la chercher lui-même à l'époque... psychologique ! (Elle trace rapidement quelques lignes sur un buvard qu'elle a pris sur un petit meuble, met

la lettre dans une enveloppe sans la cacheter et la dépose dans la corbeille de fleurs qui est sur la table). — Ah ! Dieu me devait ce bonheur ; je m'ennuyais tant et je l'ai si souvent prié ! Il sera beau, mon fils, — car ce sera un fils, avec des cheveux blonds!... (Vivement) Non ! pas blonds... il aurait l'air d'une élégie et je veux un poème ! — Il sera brun, robuste, indomptable comme un héròs des temps épiques. Le pays veut une génération de vaillants ; je veux donner un vaillant au pays...
(Riant et mimant ce qu'elle dit, comme si elle s'adressait à un enfant devant elle.) Oui, -Monsieur, vous serez, un héros... En attendant, venez que je vous débarbouille et prenez garde de tomber !... — Comme il court déjà ! — Ses petits camarades l'ont nommé leur capitaine... il dirige la bande... — Comme Henri IV, à Ivry, il leur montre son panache blanc... Mais ce n'est pas à son casque qu'il flotte ! (Riant) Voulez-vous bien rentrer votre panache... Il ne m'écoute pas, et le panache flotte de plus belle ! — Ah ! Je suis folle ! Je suis heureuse !... Venez... Arrivez vite, ô mon beau capitaine ! (Lucien est entré doucement sans être vu).

SCÈNE III

GABRIELLE, LUCIEN

LUCIEN (à part)

Un capitaine ?

GABRIELLE (à part)

C'est Lucien ! ne lui disons rien encore...

LUCIEN (à part)

D'où vient tant de joie ?

GABRIELLE (à part)

Que son bonheur sera grand ! (Haut) C'est vous, mon ami ?

LUCIEN

Oui. Je venais vous demander...

GABRIELLE

Quoi donc ?

LUCIEN

Une tasse de thé. — Mais vous avez renvoyé Lise.

GABRIELLE

Je la remplacerai. — Voici justement de l'eau devant le feu. (Prenant un service à thé). Et tout ce qu'il faut pour servir mon seigneur et maître. — Regardez si l'eau boût. (Lucien va à la cheminée. — Gabrielle jette le thé en feuilles dans la théière et dispose les tasses avec le plateau sur la table.)

LUCIEN (à part—accroupi devant le feu et le soufflant)

De quel capitaine parlait-elle ? — Vraiment, je suis fou. (Se relevant. — Haut). Voici l'eau.

GABRIELLE (versant l'eau dans la théière),

Et voici le thé. (Ils s'asseyent ; mais avant de s'asseoir, Gabrielle a pris un petit almanach sur la cheminée.)

LUCIEN (voyant Gabrielle consulter le petit almanach)

Que regardez-vous, là ?

GABRIELLE

Ce petit almanach.

LUCIEN (étonné)

Un almanach ?— Et qu'y cherchez-vous

GABRIELLE

Une date.

LUCIEN

Laquelle ?

GABRIELLE

Celle... de l'arrivée de quelqu'un.

LUCIEN

Quelqu'un que vous attendez ?

GABRIELLE

Oh ! avec impatience !

LUCIEN (s'efforçant de sourire)

Vraiment ? (Une pause). — Tantôt, dans votre nomenclature de monstres fabuleux, vous en avez oublié un.

GABRIELLE

Lequel ?

LUCIEN (l'observant)

Le... Dragon... celui des Hespérides. Est-ce lui que vous attendez ?...

GABRIELLE (riant)

Un dragon ? peut-être !...

LUCIEN (appuyant)

Un simple dragon ?

GABRIELLE

Oh ! non ! avec deux belles épaulettes d'or.

LUCIEN (vivement et se levant)

Gabrielle !

GABRIELLE

Quoi donc, mon ami ?

LUCIEN (se rasseyant)

Rien ! — (A part) Décidément, je suis fou !

GABRIELLE (à part)

Il ne comprend pas. — (Haut). Les singuliers noms que contient l'Almanach !... Quel est le nom que vous préférez ?

LUCIEN

Pourquoi cette question ?

GABRIELLE

Dites toujours. — Je dois être marraine et je veux que vous choisissiez vous-même un nom.

LUCIEN

Eh bien.... Henri.

GABRIELLE

Henri ?... Non.

LUCIEN

Louis.

GABRIELLE

Pourquoi pas Philippe ?

LUCIEN

C'est un très joli nom.

GABRIELLE

Oui, sur les pièces de cent sous... Autrefois... avant la Révolution de 1848. — Si j'avais un fils. .

LUCIEN (se levant).

Il s'apellerait Louis ou Henri.

GABRIELLE (se levant aussi).

Mon fils s'appellerait... (prêtant l'oreille). J'entends marcher.

LUCIEN

C'est Lise, votre camériste, qui rentre.

GABRIELLE

N'ya-t-il pas réception, ce soir, chez votre mère ?

LUCIEN

Si fait.

GABRIELLE

Quelle heure est-il ?

LUCIEN

Dix heures.

GABRIELLE

Puisque Lise est rentrée j'ai bien envie de mettre une robe et une fleur dans mes cheveux.

LUCIEN

Vous voulez aller chez ma mère ?

GARBIELLE

Oui. Si vous m'y accompagnez.

LUCIEN

Allez vous habiller, alors.

GABRIELLE

Attendez-moi. — (Lui remettant le petit almanach) Tenez, pour ne pas trop vous ennuyer, lisez mon petit almanach et tâchez d'y trouver un nom.

LUCIEN

Il est trouvé ; Louis ou Henri.

GABRIELLE

Ni Henri, ni Louis.

LUCIEN

Pourtant, Madame...

GABRIELLE

Oh ! je ne cèderai pas ! Cherchez, monsieur... et attendez-moi.

(Elle entre dans sa chambre à droite.)

SCÈNE IV

LUCIEN

Je n'y comprends rien ! — Ce n'est plus Gabrielle !.. De quelle arrivée voulait-elle parler en consultant cet almanach?.. — Un dragon, avec des épaulettes... a-t-elle dit, et elle repousse les noms que je lui propose. — Je ne sais plus où j'en suis. — Est-ce que sérieusement Gabrielle s'ennuîrait ? — que lui manque-t-il donc pour être heureuse ?... — Elle se plaint de mon abandon... mon abandon ! Quelle injustice ! moi, qui aime ma femme comme aux premiers jours de notre mariage... moins follement peut-être. — Tout se modifie, ici-bas... même l'amour, il devient l'Amitié. Et c'est grâce à cette modification que son feu est durable et son charme plus doux. — L'Amour est le soleil de la jeunesse, comme disent les poètes. Sans doute ; il inonde le cœur, il l'éblouit de ses rayons... il faut donc y poser des persiennes, et c'est l'Amitié prudente qui se charge de ce soin. Les femmes ne comprennent pas cela ; elles veulent brûler et, elles nous appellent égoïstes quand nous refusons de les suivre dans leur Vésuve en irruption !... La femme est une salamandre qui réclame un dragon ! (vivement) Hein ?... J'ai dit un dragon comme Gabrielle tout à l'heure ! Mais c'est d'un dragon fabuleux que je parle, tandis que celui de Gabrielle n'a rien de mythologique. — Ah ! voilà mes idées stupides qui me reprennent... Supposer que... — C'est horrible ! je soupçonne ma femme, j'offense la vertu... Qu'est-ce que j'ai donc ?... C'est idiot ! (Après une pause pendant laquelle il fredonne un air quelconque entre ses dents.) C'est bien plus charmant que le cercle ici ! (Il examine le boudoir) bien plus calme, surtout ! Que nous sommes singuliers, les hommes ; nous allons au cercle oublier le bonheur qui reste à la maison. — C'est donc si amusant, le cercle ? On entre, on serre la main à celui-ci ; on médit un peu de celui-là ; On prend un journal et on bâille ; des cartes, et on perd assez d'argent pour faire vivre pendant un mois une pauvre famille. — on rentre chez soi, on trouve l'ange du foyer qui grelotte d'ennui les aîles repliées, qui vous appelle Thésée, vous parle du monstre, du dragon... que sais-je ? Et vous devenez injuste, soupçonneux, méchant et bête, parce que vous ne comprenez pas que le pauvre chérubin se venge de votre absence... en vous montrant les cornes du démon.

SCÈNE V

LUCIEN, GABRIELLE

GABRIELLE (entrant avec un bracelet à la main.)

Voulez-vous, mon ami, m'attacher ce bracelet ?

LUCIEN (attachant le bracelet).

Alors, nous allons chez ma mère ?

GABRIELLE

Sans doute, auriez-vous changé d'idée ?

LUCIEN

Non. Mais on est si bien dans cette chambre close et il fait si froid dehors...

GABRIELLE

Vous refusez de venir chez votre mère ?

LUCIEN

Il est bien tard... néanmoins je suis à vos ordres.

GABRIELLE

Restons, alors.

LUCIEN

Restons. (A part) qu'elle est charmante !

GABRIELLE

Merci.

LUCIEN

De quoi me remerciez-vous ?

GABRIELLE

De votre sacrifice et de votre galanterie ; vous n'êtes pas allé au cercle et vous me consacrez cette soirée. — A propos, avez-vous trouvé un nom ?

LUCIEN

Encore ! que vous importe un nom plutôt qu'un autre ?

GABRIELLE

Beaucoup !

LUCIEN

C'est de l'obstination.

GABRIELLE

Je suis très obstinée.

LUCIEN

Je ne vous connaissais pas ainsi

GABRIELLE

C'est que l'occasion ne s'était pas encore présentée. Je n'avais pas eu à défendre de tels intérêts.

LUCIEN

Quels intérêts ?

GABRIELLE

Ceux de mon enfant.

LUCIEN (se levant vivement.)

De votre enfant ?

GABRIELLE (souriant)

Si Dieu nous en accordait un. — Oh !
vous me trouveriez intraitable pour tout ce
qui regarderait une tête si chère ; vous au-
riez difficilement raison de tout ce que j'aurais voulu et arrêté pour lui.

LUCIEN

Mais c'est tout une révolution !... mais
vous êtes...

GABRIELLE

C'est cela, monsieur, dites comme ma
tante, la baronne de Montviron, qui m'appelle révolutionnaire parce que j'ai pris un
médecin homéopathe.

LUCIEN

Il ne s'agit pas de médecin homéopathe,
mais de mon enfant, — si j'en avais un. —
Il s'appellerait...

GABRIELLE

Il s'appellerait comme moi : Gabriel.

LUCIEN (riant)

Ah ! me voilà rassuré ; je pensais qu'il
s'agissait de votre nom de famille.

GABRIELLE

Ne riez pas, Lucien, je sais jusqu'où va
le possible et l'impossible. Si une femme ne
peut donner à son enfant son nom de famille, à elle, c'est tout simplement parce que
sur ce point, comme sur beaucoup d'autres

du même genre, la loi est contre la femme qui est la plus faible, pour protéger l'homme, qui est le plus fort. — Je trouve qu'il serait juste qu'une femme donnât son nom à son enfant. — Non seulement cela serait juste, mais logique; non seulement logique, mais moral.

LUCIEN

Oh! Oh! madame, voilà une grande question pour une petite tête.

GABRIELLE

Oui, bien grande, en effet. J'y ai souvent songé.

LUCIEN

Je ne vous savais pas, ma chère Gabrielle, de pareilles idées, de semblables rêveries.... mais vous n'êtes qu'une enfant.

GABRIELLE

Les enfants, monsieur, on est quekes fois bien embarrassé pour leur répondre.

LUCIEN

Alors, il serait bon, selon vous, que la femme donnât son nom à l'enfant né d'elle?

GABRIELLE

J'ai dit que cela serait juste, que cela serait logique et qui mieux est, moral. — N'y avez-vous jamais songé, Lucien, quand vous voyez des frères être presque étrangers l'un à l'autre?

LUCIEN

Comment cela?

GABRIELLE

En portant des noms différents.

LUCIEN

Expliquez-vous.

GABRIELLE

Une femme peut épouser jusques à quatre maris, comme madame de Monti ou comme la femme de notre concierge, voilà donc quatre noms différents pour ses enfants si Dieu lui en accorde avec chaque mari.

LUCIEN

Eh ! bien ?

GABRIELLE

Eh ! bien, est-il possible de prouver plus clairement l'antagonisme qui ressort d'un tel état de chose ? Si ces divers enfants sont réellement frères c'est par la mère seulement. C'est donc à la mère seule qu'il appartient de leur donner son nom.

LUCIEN (riant)

Vous avez lu Jean-Jacques Rousseau, ma chère.

GABRIELLE

Il est des questions pour lesquelles une femme n'a pas besoin de prendre l'avis des philosophes.

LUCIEN

Vous avec lu Jean-Jacques, vous dis-je. (Riant.) J'en instruirai mon oncle, le cardinal. — N'importe. Recevez mes félicitations ; vous obtiendriez un grand succès si vous donniez une conférence. — Mais, enfin, pour revenir à votre thèse, les enfants dont vous parliez sont frères et...

GABRIELLE

... ils ne le sont pas même à moitié, car non seulement l'enfant ne porte pas le nom de sa mère ; mais la loi n'accorde à celle-ci aucun droit sur lui. Les législateurs ont eu soin d'enlever à la mère les droits que la nature lui avait donné. — Oui, monsieur, je vois cela tous les jours, moi qui suis dame patronnesse de l'un des plus pauvres quartiers de Paris. Je suis pénétrée d'admiration, et de respect pour ces vaillantes créatures qui, pour leurs enfants, accomplissent de si rudes labeurs ! Je m'incline et je les salue ; elles sont deux fois mère ! — Mais la réflexion vient après et je dis : — Qui sait ? l'argent de leur travail, celui de la charité même, sera peut-être porté à l'orgie d'un bouge infect, par celui que la loi a fait le chef de la maison, et les enfants iront pieds nus demain !

LUCIEN

Ce sont là des cas d'exception, ma chère, mais dans la règle générale il doit en être ainsi. Le père a la force qui lutte.

GABRIELLE

La mère a l'amour qui triomphe !

LUCIEN

Voudriez-vous qu'on confiât l'autorité, la direction des affaires domestiques aux mains de la femme ? (riant) Lisez Aristophane ; ses *Harangueuses*, et vous rirez vousmême de Madame Praxagora. — Refuterez-vous Aristophane ?

GABRIELLE

Certainement.

LUCIEN

Pourquoi ?

GABRIELLE

Parce que c'était un homme. — Mais vous éloignez la question ; je ne veux pas que la femme soit quelque chose dans l'Etat ; je veux qu'elle soit quelque chose pour son enfant.

LUCIEN

En vérité, ma chère Gabrielle, je suis surpris du beau zèle qui vous prend tout à coup, de plaider une semblable cause.

La suprématie de la femme serait un grand malheur — ne vous fâchez point — les législateurs de tous les temps l'ont compris. (riant) En France, nous avons eu la loi salique.

GABRIELLE

Oh ! la belle preuve ! A-t-elle empêché, votre loi salique, de voir, sous la plupart des règnes, la France gouvernée par une femme ?

LUCIEN

D'une façon occulte, oui, grâce à la faiblesse de caractère de celui qui tenait le pouvoir.

GABRIELLE

Non ; grâce à la supériorité incontestable de la femme sur l'homme.

LUCIEN

Appelez-vous supériorité la ruse et la dissimulation qui, sauf quelques rares exceptions (Il lui baise la main), sont le fond exclusif du caractère de la femme ?

GABRIELLE

Non pas le fond exclusif de son caractère, mais le résultat de l'injustice et de l'orgueil de l'homme. Elle oppose la ruse à la force, voilà tout.

LUCIEN

Je vous admire et vous me convertiriez presque, si je n'avais un argument que vous ne sauriez retorquer.

GABRIELLE

Lequel ?

LUCIEN

Eve , que vous me citiez précisément tantôt.

GABRIELLE

Eh bien ?...

LUCIEN

N'a-t-elle pas perdu le premier homme en l'entraînant dans sa chute ?

GABRIELLE

Votre argument se tourne contre vous ; ce que vous appelez chute, moi, je l'appelle glorification.

LUCIEN

Oh ! oh ! vous sentez le fagot, ma chère !

GABRIELLE

Nullement. — Redisons-la, cette histoire d'Adam et d'Eve. — Leur existence s'écoulait inoccupée et monotone, dans un jardin où il y avait un pommier. Il leur était défendu d'y toucher, à ce pommier.

LUCIEN (railleur)

Oui, mais les pommes étaient si appétissantes que, ma foi, Eve en prit une et la mordit...

> *Ses petites dents sur le bord*
> *Avaient fait des points de dentelles...*

comme disent les ravissants triolets des *Pru-*

nes d'Alphonse Daudet, et Adam mordit à
son tour

Sur la trace des lèvres roses !...

Bref, ils furent punis ; Eve , pour avoir
désobéi à Dieu ; Adam, pour avoir obéi à
Eve.— D'où je conclus que sans l'influence
d'Eve, Adam n'aurait pas perdu son éternelle félicité.

GABRIELLE

Vous voulez dire son éternelle inutilité,
leur éternel isolement ? — C'est dans leur
condamnation même qu'apparaît la glorification de la première femme.

LUCIEN

Ceci est un paradoxe que je ne comprends
pas.

GABRIELLE

Ils furent condamnés, dites-vous ? Oui !
Adam à féconder la terre ; Eve à enfanter !
C'est-à-dire, à connaître, l'un , le noble
orgueil du travail ; l'autre, les saintes joies
de la maternité. — Si Adam fut tenté dans
la suite, de reprocher à sa compagne la
perte de son repos , Eve dût lui répondre
avec juste raison : — « Tu vivais dans la
paresse avant notre cueillette de pommes ;
ma désobéissance a fait de toi un travail-
leur ! Nous n'étions que nous deux dans la
création ; nous voici déjà quatre ! et tu
oublies tes fatigues du jour, en embrassant,
le soir, nos deux fils que je te présente. —
De quoi te plains-tu donc, ô vaillant tra-
vailleur ! ô père de famille ! » — Adam , à
son tour, dût lui répondre : — « C'est vrai! »

et regarder en proclamant la supériorité
de sa compagne, si le pommier avait encore des pommes. — Mais nous voici sor-
tis une deuxième fois de la question. Ren-
trons-y et n'en sortons plus, je vous
prie.

LUCIEN

Ah! oui, la question du nom de la mère
donné à l'enfant?

GABRIELLE

Et vous allez convenir avec moi de la né-
cessité qu'il y aurait à ce que cela fût. —
Vous êtes-vous occupé de statistique?

LUCIEN

De quelle statistique, d'abord?

GABRIELLE

De celle des naissances.

LUCIEN

Non, j'avoue n'y avoir pas songé.

GABRIELLE

Eh bien! il naît, par an, en France, cin-
quante mille enfants naturels qui, entrés
dans la vie avec le stigmate du mépris,
frappés par le préjugé, fatalement déclassés,
mis à l'index comme des parias, circulent
dans la société comme ces pièces de mon-
naie fausses, dont tout le monde se méfie,
dont personne ne veut, n'ayant ni le poids
ni le titre légal. Pour eux, pour ces parias,
ce poids et ce titre, c'est le nom qu'ils
n'ont pas, le nom que leur a refusé un dé-
bauché de profession ou un Lovelace in-
différent, et que la loi défend au mari de
donner à la victime de ses... visites clan-
destines au pommier du voisin.

LUCIEN

Vos raisons, ma chère, sont les aspirations d'une âme généreuse.

GABRIELLE

Non pas généreuse, mais juste.

LUCIEN

Vous êtes folle.

GABRIELLE

Non ! je suis triste, quand je vois tous les jours devant mes yeux, des exemples de l'injustice la plus révoltante.

LUCIEN

Des exemples ?

GABRIELLE

Sans doute. Et je m'étonne que dans le sujet qui nous occupe, un nom ne soit pas déjà venu sur vos lèvres...

LUCIEN (tout à coup)

Léopold ?

GABRIELLE

Oui ! Monsieur Léopold ! Il est votre ami, votre ami le plus intime et c'est vous qui m'avez raconté son histoire. C'est un fils naturel. Vous m'avez dit quelle fut son existence : tout enfant il eût à subir les railleries de ses petits condisciples qui le reléguaient à l'écart comme un pestiféré. — Dans une âme moins bien douée que la sienne la haine pouvait entrer, certes ! — il n'en fut rien, heureusement ! — Mais plus tard, que d'amertumes dévorées en silence par cet irrégulier de l'état-civil ! — Cet homme, dont les qualités de cœur et d'esprit étaient appréciées de tous, n'aurait pas osé laisser lire dans son cœur l'amour

qu'aurait pu lui inspirer une jeune fille, et
encore moins aspirer à la main de celle qui
l'aurait aimé ; les grands parents, bien vite,
y auraient mis bon ordre, en lui demandant
quel nom il pouvait offrir à leur fille, lui,
qui n'avait pas de nom ! — Il se fit soldat.
— Il se dévoua à la patrie ; une mère dont
tous les enfants portent son nom, à Elle !

LUCIEN

Pardon, ma chère Gabrielle, vous m'avez
dit tantôt que vous attendiez quelqu'un, un
officier, avec deux belles épaulettes d'or.
— N'y a-t-il pas confusion dans votre esprit à propos de l'arme ? — Vous avez dit
un dragon, et Léopold appartient à l'arme
des spahis.

GABRIELLE

Mon cher Lucien, vous devenez stupide.

LUCIEN

Pourquoi ?

GABRIELLE

Parce que vous commencez à être jaloux.

LUCIEN

Et si cela était ?

GABRIELLE

Alors vous seriez odieux.

LUCIEN

C'est cela, dites-moi des duretés.

GABRIELLE

Non ; je préfère cesser la discussion. —
Bonsoir !

LUCIEN

Pourquoi bonsoir ?

GABRIELLE

Parce qu'il est tard et que je suis fatiguée.

LUCIEN

Voulez vous que je sonne Lise ?

GABRIELLE

Non, je me passerai d'elle.

LUCIEN (lui baisant la main)

Alors, bonne nuit, ma belle Ariane, et mettez-moi dans vos rêves.

GABRIELLE

Oui, Thésée... à côté du Dragon !...

(Elle entre dans sa chambre.)

SCÈNE VI

LUCIEN

Je ne conçois rien à ce qui se passe dans la tête de Gabrielle ce soir ; elle est nerveuse, irritable et susceptible à l'excès. — Je ne suis pas jaloux et je l'ai blessée avec ma sotte allusion ; — Je plaisantais... — est-ce que je plaisantais ? — Bon ! voilà mes idées biscornues qui reviennent !... — Aller supposer que Gabrielle... (il rit) Voilà un rire qui n'est pas franc... je ris mal... je ris... jaune !.— Voyons, voyons, orientons-nous et tâchons de voir clair dans le caprice de Gabrielle, car c'est par un caprice — dont je suis loin de me plaindre — qu'elle a voulu me garder auprès d'elle ce soir. — Pourquoi ? pour me faire lire des noms dans un Almanach ; pour me parler d'Ariane, de Thésée, d'Adam et d'Eve... — petit cours de littérature... panachée; Ovide, Moïse... et Mathieu Lansberg... ou de la Drôme ! — A propos de quoi ? A propos des femmes que les maris laissent seules à la maison ; du nom que les mères ne peu-

vent pas donner à leurs enfants et du nom
que les enfants ne peuvent pas recevoir de
leurs pères, labyrinthe à travers lequel cir-
cule un dragon fantastique ou réel, dont,
nouveau Damoclès, je crois apercevoir les
griffes... ou le bancal suspendu sur ma
tête ! (riant) C'est absurde ! — Chère Gabrielle ! — C'est vrai, depuis quelques
temps je vais trop souvent au cercle passer
mes soirées... elle s'ennuie et, quand on
s'ennuie on cherche à se distraire... natu-
rellement. Mais les distractions de Gabrielle n'ont rien qui puisse m'alarmer. —
Distractions innocentes ; elle repasse dans
sa mémoire ses leçons de jeune fille au
couvent : la Mythologie et l'Histoire sainte.
— Voilà pourquoi elle m'a parlé tantôt de
la pomme... et du Dragon... Il n'a été nullement question du spahi... (vivement) encore ? — C'est idiot ! J'offense en même
temps l'ami le plus loyal et la femme la
plus dévouée. — Pourtant, j'ai bien enten-
du, ce soir, Gabrielle s'écrier : — « Venez !
Arrivez vite, ô mon beau capitaine ! » Pourquoi cette invocation guerrière ? — Pourquoi ? Est-ce que je le sais... Est-ce que
cela me regarde ?... — « *Venez, arrivez vite,
ô mon beau capitaine !* » C'est probable-
ment le dernier vers d'une romance que
Gabrielle fredonnait... sans la musique...
avec la musique je n'y aurais pas fait at-
tention : — *Ce qui ne vaut pas la peine
d'être dit*, on le chante, affirme Beaumar-
chais. — Oui, mais Gabrielle ne chantait
pas ! Donc, cela valait la peine... ou le
plaisir d'être dit ! — Suis-je assez ridicule ?...

Ma femme dort ; je vais dormir aussi. —
(Il prend le flambeau sur la table et regarde les
fleurs qui y sont dessus). Chères fleurs qu'elle a
respirées, vos corolles ont gardé le doux
parfum de son haleine. (Il prend les fleurs pour
leur faire des baisers ; il aperçoit la lettre écrite
par Gabrielle) Une lettre ?... Gabrielle laisse
traîner sa correspondance... une lettre à
une amie, certainement... (il prend la lettre)
Si j'étais curieux !... Fi ! surprendre les se-
crets de ma femme ?... Allons donc ! —
Voyons l'adresse seulement... je parie que
c'est à Madame de Fresneville que Gabrielle écrit. (Lisant l'adresse) « *Monsieur
Léopold, capitaine aux spahis, à Coléah
(Algérie).* » (tombant assis) Ce n'était pas le
dernier vers d'une romance ! — Oh ! Gabrielle ! Gabrielle ! — Non ! cela n'est pas
possible !... Elle est là ; elle dort paisible-
ment... Et moi, je rêve tout éveillé !

(Gabrielle sort de sa chambre en déshabillé
de nuit).

SCÈNE VII

LUCIEN, GABRIELLE

LUCIEN (à part)
C'est elle ! Contenons-nous.

GABRIELLE
Je vous croyais rentré chez vous.

LUCIEN (ironiquement)
Non !... je méditais.

GABRIELLE
Et, l'objet de vos méditations ?

LUCIEN (à part)
Quel calme !

GABRIELLE
Je vous demande quel était l'objet de vos méditations.

LUCIEN (à part)
Pas le moindre trouble ! — Elle ne sait pas que j'ai trouvé sa lettre.

GABRIELLE
Enfin, monsieur, vous ne voulez pas me répondre ?

LUCIEN
Je pensais à tout ce que vous m'avez dit ce soir. — Vous avez raison, madame.

GABRIELLE (souriant)
Vous en convenez ?

LUCIEN (tristement)
Comment faire autrement, devant l'évidence !

GABRIELLE (souriant)
Eh ! mon Dieu, vous me dites cela d'un ton d' *De Profundis.*

LUCIE.
N'est ce pas le chant des trépassés ?

GABRIELLE (riant)
Quelle est cette lugubre plaisanterie ? et sur qui psalmodiez-vous ce chant funèbre ?

LUCIEN
Sur mes croyances mortes !

GABRIELLE
Depuis quand ?

LUCIEN
Depuis que vous m'avez ouvert les yeux.

— En effet, je le répète ; vous aviez raison ; la femme est bien étrange ! Il y a des épouvantes qui lui plaisent, des abîmes qui l'attirent et le vertige a des voluptés pour elle !

GABRIELLE (à part)

Quel est ce pathos ? (tout à coup et regardant les fleurs) Je devine ! il a trouvé ma lettre à M. Léopold, mais il ne l'a pas lue... Laissons-le bien s'enferrer.

LUCIEN (à part)

Elle n'a pas l'air de comprendre. Pourtant, cette fois, mon allusion est brutalement directe.

GABRIELLE (avec un grand calme)

Continuez, mon ami.

LUCIEN

Oh ! oui ! la femme est bien étrange et l'homme bien imprudent, d'aller bâtir l'édifice de son repos, de sa félicité sur cette chose mouvante qui s'appelle...

GABRIELLE (railleuse)

..... qui s'appelle l'instabilité de la femme, n'est-ce pas ? Eh bien ! oui, je serai franche à mon tour. — Il est vrai, Eve nous a légué son héritage ; l'inconnu ten tera toujours la femme. et de cette passion de l'inconnu naîtra son éternel caprice c'est-à-dire l'instabilité ! (S'appuyant doucement sur son épaule et d'une voix caressante) Mais à qui la faute, mon ami ?

LUCIEN (la repoussant)

A l'homme, qu'aveugle sa confiance, jusqu'au jour...

GABRIELLE

Jusqu'au jour où, faisant le tour de son Paradis terrestre, (lui désignant la lettre qu'il tient dans sa main) il découvre le serpent (montrant les fleurs) caché sous les fleurs ! (Eclatant de rire) Ah ! ah ! ah ! mon cher Lucien, quelle singulière mine vous faites ! — Mais lâchez donc cet affreux serpent... s'il allait vous mordre !

LUCIEN (interdit)

Ainsi, vous convenez avoir écrit cette lettre ?

GABRIELLE

Sans doute.

LUCIEN

A Monsieur Léopold ?

GABRIELLE (riant)

Certainement. — Ne vous ai-je pas dit que je devais être marraine ? Eh bien ! pour ce baptême comme pour celui de la *Dame blanche*, (Elle chante :)

> *Il nous faut un parrain !*
> *Il nous faut un parrain !*

LUCIEN

Vous ne m'avez jamais dit que vous deviez être marraine.

GABRIELLE (riant)

C'est que je l'aurais oublié, alors.

LUCIEN

Et quand ce baptême doit-il avoir lieu ?

GABRIELLE

Quand l'enfant sera né, car sa présence

est absolument indispensable pour la cérémonie de ce premier sacrement.

LUCIEN

Et que lui écriviez-vous, à M. Léopold ?

GABRIELLE

De se tenir prêt à se mettre en route.

LUCIEN

Oh ! il a le temps ; sa présence n'est pas absolument indispensable comme celle de l'enfant.

GABRIELLE

Non, pas encore ; mais dans quelques temps.

LUCIEN

Bah ! qui sait ? Peut-être n'aura-t-il pas à se déranger du tout.

GABRIELLE

Pourquoi ?

LUCIEN

Parce que... parce que l'enfant n'est pas encore né et que tous les enfants ne viennent pas à terme.

GABRIELLE (poussant un grand cri)

Ah ! Malheureux ! Que dis-tu ? — Mon Dieu !.. mon Dieu ! (Elle tombe évanouie dans le fauteuil).

LUCIEN (se précipitant vers elle)

Gabrielle !... que signifie ce cri... cette douleur ?... Je n'ose comprendre... ce serait trop de joie... Reviens à toi, ma Gabrielle adorée... Mais alors pourquoi cette lettre ? (il l'ouvre et lit) — « Monsieur, préparez-vous » à demander un congé pour le mois d'oc- » tobre. Lucien a décidé que vous seriez

» le... Mais il vous écrira lui-même pour » vous faire part d'un grand bonheur qui » nous arrive. » — Ah ! plus de doute ! ma Gabrielle bien aimée, pardon ! pardon !

GABRIELLE (revenant à elle)

Ah ! tu as failli me tuer avec ta terrible réponse !

LUCIEN

Non ! non ! rassure-toi !

GABRIELLE (avec un sourire, en lui montrant la lettre qu'il a laissé tomber sur le tapis)

Indiscret ! qui ouvre les lettres de sa femme !

LUCIEN

Méchante ! qui se jouait de moi !

GABRIELLE

Méchant ! qui n'a pas compris pourquoi je lui demandais un nom et pourquoi, par anticipation, je plaidais la cause des mères ?

LUCIEN

Si ! si ! Je comprends tout maintenant et je t'adore ! (Il prend le petit calendrier sur la table.)

GABRIELLE

Que fais-tu ?

LUCIEN

Je marque d'une croix le bienheureux mois d'octobre ! — Oh ! le cher petit trésor qu'il vienne vite !

GABRIELLE (souriant)

Et nous l'appellerons ?...

LUCIEN

Comme tu voudras ! tu l'élèveras, tu le dirigeras... Tu me laisseras seulement vous adorer ensemble.

GABRIELLE

Non, ce sera toi qui le guideras dans la
vie. — Tu me l'as dit : — Le père a la force
qui lutte !

LUCIEN (se mettant à genoux devant elle)

Et tu m'as répondu : — La mère a l'amour
qui triomphe !

LE RIDEAU BAISSE

Paris, 1874.